Mes Premières ENQUÊTES

LE PASSAGE SECRET

© 2017, éditions Auzou
24-32, rue des Amandiers, 75020 Paris - France

Correction : Catherine Rigal

Tous droits réservés pour tous pays.
Loi n° 49-956 du 16 juillet 1949 sur les publications destinées à la jeunesse,
modifiée par la loi n° 2011-525 du 17 mai 2011.
Dépôt légal : octobre 2017. Imprimé en Serbie.

Produit conçu et fabriqué sous système de management de la qualité certifié AFAQ ISO 9001.

Mes Premières ENQUÊTES

LE PASSAGE SECRET

Écrit par Emmanuel Trédez
Illustré par Maud Riemann

1 La bande de Wassim

Ce matin, Enzo est ravi d'aller à l'école : la maîtresse lui a demandé d'amener son chien pour un projet de classe autour des animaux. Max joue les stars : il se laisse caresser, et il n'arrête pas de faire le beau !

Au bout d'une demi-heure, la maîtresse décide de mettre les élèves au travail.
— Sortez vos cahiers ! leur dit-elle.
Max s'est fait un copain : quand la leçon commence, le chien se couche aux pieds de Wassim. Enzo est un peu jaloux…

Wassim est nouveau à l'école, il a créé une bande avec Fanny et Émile, le meilleur ami d'Enzo. La veille, Émile a convaincu Wassim de faire entrer Enzo dans la bande.

— C'est un spécialiste des codes secrets, ça pourrait être utile d'en avoir un avec nous.

— D'accord, a dit Wassim. À condition qu'il trouve la solution des énigmes que je vais lui préparer. On verra s'il est aussi fort que tu le dis…

Peu après, Wassim fait signe à Enzo.

Il s'apprête à lui envoyer un message par avion. Un avion en papier, bien sûr ! L'engin prend la bonne direction, mais il finit par atterrir… sur le bureau de la maîtresse.

— Qui a lancé cet avion ? demande-t-elle, mécontente.

Wassim lève le doigt. La maîtresse déplie la feuille et prend connaissance du message.

— Viens au tableau, Wassim, et lis-nous ta charade.

Wassim a l'air de trouver ça drôle. Il lit à voix haute :

Mon premier mord.
Mon deuxième peut ouvrir une porte.
Mon troisième est entouré d'eau.
Mon tout vit en Afrique,
et c'est le nom de la bande.

À peine a-t-il regagné sa place que la cloche sonne. C'est la récré. Dans un grand raclement de chaises, les enfants sortent dans la cour. Tous sauf Wassim. La maîtresse a deux mots à lui dire : elle ne veut plus voir d'avions en papier voler dans la classe !

2 Encore une charade !

Pendant la récré, Enzo laisse Max sous la protection d'Émile et va s'asseoir sur un banc pour résoudre la devinette qu'il a notée.

Enzo aime bien les charades. C'est un peu comme les rébus, mais sans les dessins : il s'agit de trouver plusieurs mots qui, prononcés l'un après l'autre, forment les syllabes d'un autre mot.

« Mon premier » offre trop de possibilités : il y a beaucoup d'animaux qui mordent ! « Mon second » pourrait être une clé, se dit Enzo. Une clé, ça ouvre des portes. Reste le « troisième ». Facile, c'est une île ! « Mon tout vit en Afrique »… Enzo réfléchit quelques instants et la solution s'impose à lui. C'est « crocodile » : les « crocs » mordent, le « code » ouvre les portes, l'« île » est entourée d'eau, et le « crocodile » vit bien en Afrique.

Wassim, que la maîtresse a enfin libéré, rejoint Enzo.
— Tu as trouvé ? demande-t-il.
— Oui : « crocodile ». Alors, ça y est, je fais partie de la bande ?
— Ah, non ! Maintenant, il va falloir que tu devines où nous nous

réunissons. Je t'ai préparé une deuxième charade.

Tandis qu'Enzo découvre la devinette, Wassim rejoint les autres élèves qui jouent à la balle avec Max.

Mon premier craint mon second.
Mon second est indispensable à la vie.
Mon tout est souvent perché, comme mon premier, et il sait se défendre.

Enzo n'a aucune hésitation sur « mon second » : l'« eau » est indispensable à la vie. Cet indice lui permet de deviner « mon premier » :

— « Chat » ! s'exclame-t-il. Ou plutôt « chatte ». La chatte craint l'eau.

Max, qui vient de le rejoindre sur le banc, pousse un grognement : il n'aime pas les chats !

Comme la chatte, le « château » est souvent perché, et avec ses remparts et ses tours, il sait se défendre.

La cloche sonne la fin de la récré, les élèves se mettent en rang devant la porte. Enzo en profite pour donner la solution à Wassim.

— C'est « château », n'est-ce pas ? Ça veut dire que vous vous réunissez à la médiathèque ?

La médiathèque est accolée au donjon d'un ancien château fort, sur les hauteurs de la ville. La maîtresse a prévu d'y emmener les élèves dans l'après-midi.

— C'est ça, répond Wassim. Dans la prochaine charade, je te donnerai des précisions sur le lieu du rendez-vous.

3 Le passage secret

À 13 h 30, les élèves sont assis dans un coin de la médiathèque, et Mme Cissoko, la nouvelle bibliothécaire, s'apprête à leur raconter deux enquêtes policières menées par un garçon et son chien.

— Tu entends ça, Max, ça pourrait être nous ! murmure Enzo.

Soudain, la voisine d'Enzo lui fait passer un message. C'est la charade de Wassim.

Mon premier est une salade.
Mon deuxième est une salade.
Mon troisième, mon quatrième, mon cinquième, mon sixième, mon septième et mon huitième sont encore des salades.
Mon tout est un écrivain anglais.
Le titre d'un de ses romans te donnera un indice pour nous retrouver.
Sois là avant 15 heures !

Enzo est vite découragé. Il ne connaît que trois variétés de salades (la laitue, la frisée et la scarole), alors en trouver huit, c'est mission impossible !

Une heure plus tard, quand l'atelier lecture s'achève, les enfants sont libres de circuler dans les rayons de la bibliothèque.

Soudain, Enzo a une illumination :

— Il n'y a pas un auteur qui a un nom de salade ? demande-t-il à Mme Cissoko. Scarole quelque chose ?

— Tu veux sans doute parler de Lewis Carroll ? C'est l'auteur d'*Alice au pays des merveilles* !

— J'ai compris ! s'exclame Enzo. Les huit salades de la charade, ce sont

« les huit scaroles », et ça se prononce presque comme le nom de l'auteur : Le-wis Car-roll !

Sur le rayonnage que la bibliothécaire lui a indiqué, Enzo trouve plusieurs exemplaires d'*Alice au pays des merveilles*. Mais il y a un autre livre de l'auteur dont il n'a jamais entendu parler : *De l'autre côté du miroir*. C'est la suite des aventures d'Alice.

Enzo cherche Wassim pour lui donner la solution de la charade. En vain. Il est introuvable, de même qu'Émile et Fanny.

4 Seuls dans le souterrain

Wassim a laissé son blouson sur son cartable, ça donne une idée à Enzo : il n'a qu'à le faire sentir à Max. Son chien a du flair, il va le retrouver en moins de deux.

Le blouson à peine reniflé, Max file en direction de la salle multimédia et s'arrête devant un immense miroir.

—Tu n'as pas honte, Max ! le gronde Enzo. Maintenant que tu es une star, tu ne penses plus qu'à te regarder dans la glace !

Tout en prononçant ces mots, Enzo fait le rapprochement avec la charade. Il comprend que ses trois copains se trouvent… de l'autre côté du miroir.

Après avoir examiné le cadre en bois qui entoure la glace, Enzo trouve un bouton. Il appuie dessus, le panneau s'ouvre sur un escalier en pierre.

— Ça alors, s'exclame Enzo, un passage secret !

Il hésite. Dans vingt minutes, la maîtresse va donner le départ pour l'école…

— Qu'est-ce qu'on fait, Max, on descend ?

À la façon dont il aboie et remue

la queue, Max a l'air partant. Enzo est d'accord : ce n'est pas le moment d'abandonner !

À l'entrée du souterrain, une lanterne électrique est accrochée au mur. Après l'avoir allumée, Enzo referme le panneau et descend l'escalier. Un long couloir humide s'étend devant lui. Il arrive bientôt à hauteur d'une

petite salle creusée dans la roche. Un dessin de crocodile lui confirme que Wassim est passé par là. Au verso de la feuille, il découvre une nouvelle charade.

Mon premier est unique.
Mon deuxième tourne autour du Soleil.
Mon troisième m'ordonne de parler.
Mon tout t'est défendu. Sers-toi de cet indice pour trouver le prochain message.

Enzo s'assied sur un banc de pierre.
« C'est peut-être dans cette salle que les Crocodiles se réunissent, se dit-il. Mais où sont-ils passés ? »

Deux minutes plus tard, Enzo a trouvé la solution de la charade : « un » est unique, la « Terre » tourne autour du Soleil et « dis » m'ordonne de parler. Mon tout est « interdit ». Mais il ne voit pas bien comment cet indice pourrait l'aider à rejoindre ses copains.

Il poursuit son chemin jusqu'à un panneau suspendu qui lui barre la route : au-delà, le souterrain est interdit au public.

Tout à coup, il comprend que la charade renvoie à ce panneau « interdit ». Au dos, il trouve en effet un nouveau message de Wassim :

Retrouve-nous à la sortie.

5 — Enfin, les Crocodiles !

Cinq minutes se sont écoulées quand Enzo atteint enfin la sortie du souterrain. Percée dans un énorme rocher, elle est dissimulée par des arbustes. Enzo se retrouve bientôt dans un joli bois à la sortie de la ville. Il est étonné de ne voir personne. Soudain, Wassim, Émile et Fanny surgissent devant lui.

— Vous m'avez fait une de ces peurs ! s'écrie-t-il.

Émile a l'air heureux pour son copain.

— Tu as vu, Wassim, je t'avais dit qu'Enzo pouvait résoudre toutes les énigmes !

Enzo ne peut s'empêcher de rougir.

— Bienvenue dans la bande ! dit Wassim.

Fanny, qui vient de regarder sa montre, semble nerveuse.

— Il faut vite rentrer avant qu'on ne remarque notre absence !

Les enfants reprennent le chemin en sens inverse. Ils marchent d'un bon pas.

— C'est quoi, ce souterrain ? demande Enzo.

— Au Moyen Âge, il devait permettre aux gens du château de sortir en cas d'attaque, explique Wassim.

Peu après, ils aperçoivent une lumière tremblotante. C'est Mme Cissoko qui vient à leur rencontre, éclairée par la « torche » de son portable.

— Que faites-vous là, tous les quatre ?

La bibliothécaire est très en colère. Les enfants baissent la tête.

— C'est toi, Wassim, qui leur as montré le passage secret ?

Wassim hoche la tête.

— Oui, maman.

Quelle surprise ! Wassim est donc

le fils de Mme Cissoko !

— Dépêchez-vous, la maîtresse vous cherche partout. Pour cette fois, je ne dirai rien, mais que je ne vous revoie pas traîner dans le souterrain !

Tandis qu'ils regagnent la médiathèque, Enzo chuchote à Max :

— Je crois qu'on va devoir trouver un autre lieu de rendez-vous !

Les aventures d'Enzo et Max, les apprentis détectives, continuent avec

Mes Premières ENQUÊTES

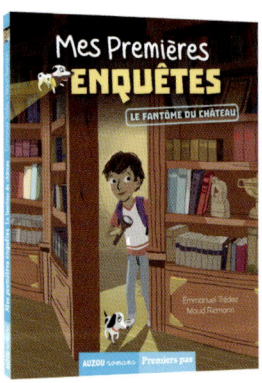

Mes premières enquêtes
Le fantôme du château

Mes premières enquêtes
Mystère au zoo

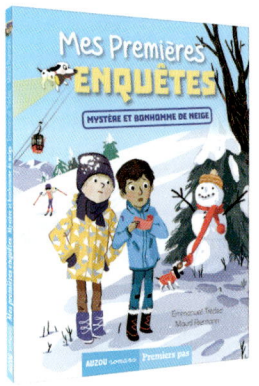

Mes premières enquêtes
Mystère et bonhomme de neige

Mes premières enquêtes
Remous à la piscine

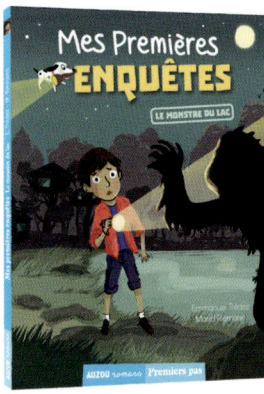

Mes premières enquêtes
Le monstre du lac

Les héros des lecteurs débutants sont dans la collection **Premiers pas** !

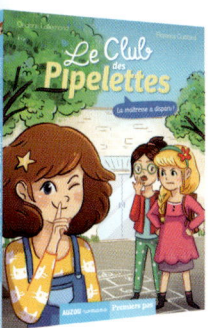
Le Club des Pipelettes
La maîtresse a disparu !

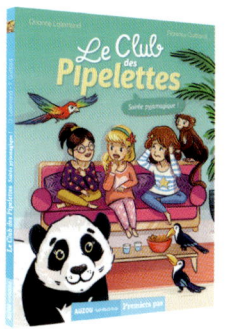
Le Club des Pipelettes
Soirée pyjamagique !

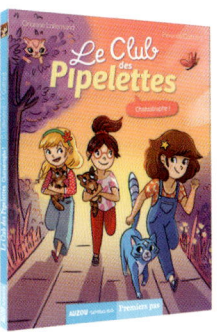
Le Club des Pipelettes
Chatastrophe !

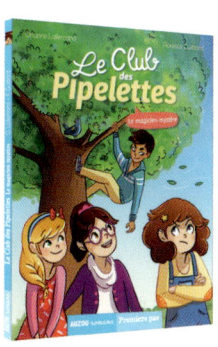
Le Club des Pipelettes
Le magicien mystère

Lisa et le Gâtovore

Lisa et le Croquemot

Lisa et le Chamboul'chiffre

Table des matières

Chapitre 1
La bande de Wassim 5

Chapitre 2
Encore une charade ! 11

Chapitre 3
Le passage secret 19

Chapitre 4
Seuls dans le souterrain 25

Chapitre 5
Enfin, les Crocodiles ! 33

Un petit mot de l'auteur et de l'illustratrice

J'aime les énigmes. Tout particulièrement celles qui reposent sur des jeux avec les mots. Les résoudre (si j'y arrive) ou les inventer, comme ici. J'aurais adoré être à la place d'Enzo et mener mes propres enquêtes. Mais moi, je n'aurais pas pu compter sur mon chat pour m'aider. Il est bien trop paresseux !

Emmanuel Trédez

Le premier texte que j'ai illustré en sortant de l'école de dessin était d'Emmanuel Trédez !
J'ai bien aimé imaginer la médiathèque de l'histoire, ce mélange d'ancien et d'architecture moderne ! J'ai accolé un bâtiment vitré au château. Il doit être très lumineux... rien à voir avec les souterrains que visitent nos héros !!

Maud Riemann